El torneo de TRABALENGUAS
The TONGUE-TWISTER Tournament

Por / By
Nicolás Kanellos

Ilustraciones de / Illustrations by
Anne Vega

PIÑATA BOOKS

Piñata Books
Arte Público Press
Houston, Texas

Esta edición de *El torneo de trabalenguas* ha sido subvencionada por la Ciudad de Houston por medio del Houston Arts Alliance y Texas Commission on the Arts. Les agradecemos su apoyo.

Publication of *The Tongue Twister Tournament* is funded in part by grants from the City of Houston through the Houston Arts Alliance and the Texas Commission on the Arts. We are grateful for their support.

¡Piñata Books están llenos de sorpresas!
Piñata Books are full of surprises!

Piñata Books
An Imprint of Arte Público Press
University of Houston
4902 Gulf Fwy, Bldg 19, Rm 100
Houston, Texas 77204-2004

Diseño de la portada por / Cover design by Bryan Dechter

Library of Congress Cataloging-in-Publication Data available.

Printed in Hong Kong in May 2016–August 2016
by Book Art Inc. / Paramount Printing Company Limited
10 9 8 7 6 5 4 3 2 1

This is for Teo, Inesita, Elenita and Sebastian David because
they love books and language.
—NK

I dedicate the book to my children Gabriela and Austin
for their inspiration and encouragement.
—AV

Para Teo, Inesita, Elenita y Sebastian David, amantes de los libros y el idioma.
—NK

Le dedico este libro a mis hijos Gabriela y Austin
por ser mi inspiración y aliento.
—AV

¡Damas y caballeros, niñas y niños, perritos, gatitos y ratoncitos!

¡Bienvenidos al gran Torneo de Trabalenguas! Ustedes saben que un trabalenguas es una rima que enreda, tuerce y tortura la lengua. Les voy a presentar a los mejores trabalengüistas del mundo para que trabalengüiteen para el trabalentretenimiento de ustedes. El mejor torturador de nuestras lenguas ganará el trofeo del trabacampeonato.

Ladies and gentlemen, girls and boys, doggies, kitties and mousies!

Welcome to the grand Tongue Twister Tournament! As you know, a tongue twister is a rhyme that riddles, twizzles and tortures your tongue. I am going to introduce to you the greatest twisters of tongues the world has ever seen so that they twist your tongues for your entertwistertainment. The best torturer of our tongues will win the championship tongue twister trophy.

Ahora, damas y caballeros, niños y niñas, perritos, gatitos y ratoncitos, es un honor presentar al primer concursante, el monstruoso trabalingüista: Lengua de Lagarto.

Traba traba lenguas,
el que me trabó,
si no te traba la lengua,
no es un trabalenguas, no.

And now, ladies and gentlemen, girls and boys, doggies, kitties and mousies, I am honored to present our first competitor: the monstrous tongue twisteroo: Lizard Tongue.

Twisty twister tongue twister,
tied my tongue just so,
if it does not twist your tongue just so,
it's not a twister, no.

Ahora, damas y caballeros, niños y niñas, perritos, gatitos y ratoncitos, es un honor presentar a la segunda concursante: Abuelita Enojadita.

Este es el cuento de un gato
que tenía las patas de trapo
y el rabo al revés
¿quieres que te lo cuente otra vez?

Este es el cuento de un gato
que tenía las patas de trapo
y el rabo al revés
¿quieres que te lo cuente otra vez?

And now, ladies and gentlemen, girls and boys, doggies, kitties and mousies, I am honored to present our second competitor: Grumpy Granny.

This is the tale of a raggedy cat
the cat that had raggedy spats
the cat's raggedy tail
was on the wrong end
want me to say it again?

This is the tale of a raggedy cat
the cat that had raggedy spats
the cat's raggedy tail
was on the wrong end,
want me to say it again?

Ahora, damas y caballeros, niños y niñas, perritos, gatitos y ratoncitos, es un honor presentar a la tercera concursante: Miss Mundo 2014.

El cielo está encancaranublado
quien lo encancaranubló
será un buen encancaranublador.

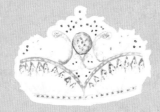

And now, ladies and gentlemen, girls and boys, doggies, kitties and mousies, I am honored to present our third competitor: Miss World 2014.

The sky is super dooper cloudy
he who super dooper clouded it
must be a super dooper clouder.

Ahora, damas y caballeros, niños y niñas, perritos, gatitos y ratoncitos, es un honor presentar al siguiente concursante: Fuchi Futbolista.

Beto rebota la bola
la bola que Beto rebota
rebota la bola Beto
la bola de Beto rebota.

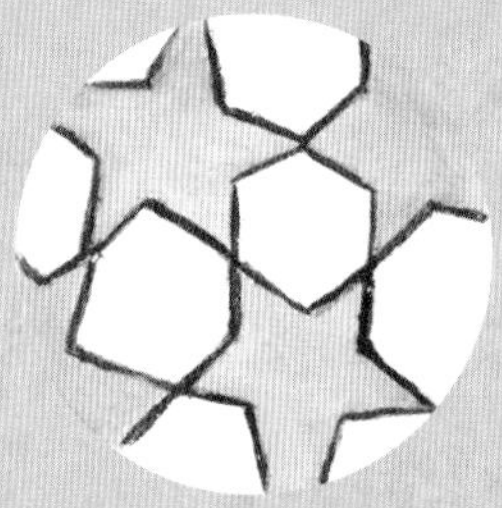

And now, ladies and gentlemen, girls and boys, doggies, kitties and mousies, I am honored to present our next competitor: Fuchi Futbolista.

Beto bounces the ball
the ball that Beto bounces
the ball is bounced by Beto
Beto's ball bounces.

Ahora, damas y caballeros, niños y niñas, perritos, gatitos y ratoncitos, es un honor presentar al siguiente concursante: Papá Papagallo.

Tres tristes tigres
detrás de un trigal
detrás de un trigal
tres tristes tigres.

And now, ladies and gentlemen, girls and boys, doggies, kitties and mousies, I am honored to present our next competitor: Papá Papagallo.

A trio of tired tigers
too tired to stalk
too tired to stalk
a trio of tired tigers.

Ahora, damas y caballeros, niños y niñas, perritos, gatitos y ratoncitos, es un honor presentar al siguiente concursante: Forte Fortísimo.

—Cuca cuca cucaracha cuca, ¿dónde vas?
—Voy buscando a Nico Nico, a mi amigo Nicolás.
—Cuca cuca cucaracha, en mi casa no entrarás
porque pasas mucho tiempo entre sucia suciedad.

And now, ladies and gentlemen, girls and boys, doggies, kitties and mousies, I am honored to present our next competitor: Forte Fortísimo.

"Caca caca caca roach, where do you roam?"
"Looking for my friend Nico Nico Nicolás."
"Caca caca caca roach, my house you can't approach
because you spend all of your time
in the dirty dirty grime."

Ahora, damas y caballeros, niños y niñas, perritos, gatitos y ratoncitos, es un honor presentar al siguiente concursante: Jaco Jaquetón.

María Chuchena su techo techaba,
y un techador le pregunta:
—¿Qué techas María Chuchena?
¿O techas tu choza o techas la ajena?
—No techo mi choza ni techo la ajena.
Yo techo el techo de María Chuchena.

And now, ladies and gentlemen, girls and boys, doggies, kitties and mousies, I am honored to present our next competitor: Jaco Jaquetón.

María Marufa was roofing her roof
When asked by a roofer:
"What do you roof, María Marufa?
Do you roof your own roof or another's roof?"
"No, I roof not my roof nor another's roof.
I roof the roof of María Marufa."

Ahora, damas y caballeros, niños y niñas, perritos, gatitos y ratoncitos, es un honor presentar al siguiente concursante: El Chupacabras.

Chupa chupa Chupacabras
animales y humanos,
chupo hasta los insectos,
perros, gatos y vacas.
¡Chupa chupa Chupacabras!

And now, ladies and gentlemen, girls and boys, doggies, kitties and mousies, I am honored to present our next competitor: The Chupacabras.

Chupa chupa Chupacabras
I suck critters of all kinds,
even insects are for me,
cows and cats and doggies, too,
chupa chupa chupa cabras, BOO!

Ahora, damas y caballeros, niños y niñas, perritos, gatitos y ratoncitos, es un honor presentar al siguiente concursante: Inez Stein.

Paco Pico picó pimientos picantes
pimientos picantes Paco Pico picó
si Paco Pico picó pimientos picantes
¿dónde están los pimientos picantes picados por Paco Pico?

And now, ladies and gentlemen, girls and boys, doggies, kitties and mousies, I am honored to present our next competitor: Inez Stein.

Peter Piper picked a peck of pickled peppers
a pick of pickled peppers Peter Piper picked
if Peter Piper picked a peck of pickled peppers
where's the peck of pickled peppers Peter Piper picked?

Ahora, damas y caballeros, niños y niñas, perritos, gatitos y ratoncitos, es un honor presentar al siguiente concursante: Tina Tinita.

Este concurso
se va acabar
con este verso
voy a ganar.

Periquito, el bandolero,
se metió en un sombrero,
el sombrero era de paja,
se metió en una caja,
la caja era de cartón,
se metió en un cajón,
el cajón era de pino,
y se metió en un pepino,
el pepino maduró,
y Periquito se salvó.

And now, ladies and gentlemen, girls and boys, doggies, kitties and mousies, I am honored to present our next competitor: Tina Tinita.

Now this contest
will soon be done
I'll be the best
when I have won.

Petey parakeet
hid in a hat
that straw hat
sat in a box
a cardboard box
inside a bigger box
a wooden box of pine
inside a cuke
so large it grew
Petey was just fine
the cuke was his rescue.

¡Tremenda torturadora de lenguas!

¡Felicitaciones trabalengüilarga!

¡La chica más chica es trabatriunfantástica!

¡Bravo!

Terrific twisteroo!

Congratulations for the tongue tinglers!

The twister winner is the tiniest twister!

¡Hooray!

Una antología de trabalenguas en su idioma original sin traducción.

An anthology of untranslated tongue twisters in their original language.

Pancha plancha con cuatro planchas.
¿Con cuántas planchas Pancha plancha?

Whenever the weather is cold.
Whenever the weather is hot.
We'll whether the weather,
whatever the weather,
whether we like it or not.

Fuzzy Wuzzy was a bear,
Fuzzy Wuzzy had no hair,
Fuzzy Wuzzy wasn't very fuzzy,
was he?

If two witches would watch two watches,
which witch would watch which watch?

Sally sells sea shells by the seashore.
But if Sally sells
sea shells by the seashore
then where are the sea
shells Sally sells?

Fresh fried fish,
fish fresh fried,
fried fish fresh,
fish fried fresh.

El tubo tiró a un tubo
y otro tubo lo detuvo.
Hay tubos que tienen tubo,
pero este tubo no tuvo tubo.

Erre con erre cigarro.
Erre con erre carril.
Rápido corren las ruedas
del ferrocarril.

—Compadre, cómprame un coco.
—Compadre, no compro coco
   porque como poco coco
   como poco coco compro.

Me han dicho que tú has dicho
un dicho que yo he dicho.
Ese dicho está mal dicho,
pues si yo lo hubiera dicho,
estaría mejor dicho
que el dicho que a mí me han dicho.

Había un perro
debajo de un carro.
Vino otro perro
y le mordió el rabo.

How many cookies could a good cook cook,
if a good cook could cook cookies?
A good cook could cook as many cookies
as a good cook who could cook cookies.

The big black bug bit the big black bear,
but the big black bear bit the big black bug back!

A fly and flea flew into a flue.
Said the fly to the flea, "What shall we do?"
"Let us fly," said the flea.
Said the fly, "Shall we flee?"
So they flew through a flaw in the flue.

De niño, a **Nicolás Kanellos** le fascinaban los juegos de palabras en español e inglés. No le importaba que fueran chistes, adivinanzas, crucigramas, trabalenguas o cualquier otra forma de explorar el misterio de las palabras. Se interesó tanto en el uso imaginativo de la palabra que se dedicó a la literatura. Sacó un doctorado en español en la Universidad de Texas e hizo toda una carrera como profesor de literatura hispana. Como director de Arte Público Press, ha podido compartir este amor por las palabras. Enseña y vive en Houston, Texas, con su esposa Cristelia Pérez y su hijo Miguel José, un escritor.

As a child, **Nicolás Kanellos** was fascinated with word games in Spanish and English. Any game would do, no matter if it was a joke, a riddle, a crossword puzzle, a tongue twister or any other means of exploring the mystery of words. He became so interested in the imaginative use of words that he dedicated his life to literature. He earned a Ph.D. in Spanish at the University of Texas and developed a full-blown career as a literature professor. As director of Arte Público Press, he has been able to share his love for words. He teaches and lives in Houston, Texas, with his wife Cristelia Pérez and his son Miguel José, a writer.

En la actualidad, **Anne Vega** vive en Columbus, Ohio, donde trabaja como artista e ilustradora. Estudió en el Columbus College of Art and Design y Academy of Art de San Francisco. Sus ilustraciones han figurado en un sinnúmero de portadas de libros y sus pinturas adornan muchos hogares del mundo. *El torneo de trabalenguas* es su tercer libro infantil.

Anne Vega currently lives in Columbus, Ohio, where she works as an artist and illustrator. She studied at the Columbus College of Art and Design and at the Academy of Art in San Francisco. Her illustrations have graced numerous book covers and her paintings hang in many homes throughout the world. *The Tongue Twister Tournament* is her third children's book.